Angelika Fürthauer

Frohkost und Lachspeisen
Gedichte für's Hirn und Nachtkastl

ISBN: 3-901838-25-2

Gesamtherstellung:
Druckerei Ernst Denkmayr GesmbH, Katsdorf + Linz
Printed in Austria 1998

Angelika Fürthauer

Frohkost und Lachspeisen

Ge(d)ichte für's Hirn und Nachtkastl

Umschlagbild:
Sabine Lublasser
Franz Wendl

Grafische Gestaltung:
Foto Eisl/Ines Neuhauser, St. Gilgen

Verlag Denkmayr Linz

Inhaltsverzeichnis

Seite

Vorwort

Angelika Fürthauer ist Hausfrau und Mutter, bewirtschaftet mit ihrem Mann einen Bauernhof, beherbergt viele Gäste, bewirtet und unterhält sie singend und musizierend, putzt und kocht, mistet den Stall aus, wäscht und bügelt die Wäsche, näht alle ihre Kleider selbst, jätet Unkraut und das alles lachend, ohne Anstrengung.

Seit Jahren, ja Jahrzehnten bewundere ich sie bei ihren musikalischen Auftritten mit ihren Eltern und ihrem Bruder, später dann mit ihren Kindern.

Im Fürthauer Dunstkreis entstanden fünf Messen, ein „alpenländisches Requiem“ und viele Lieder-Texte von Angelika Fürthauer, Musik von Vater und Bruder Danter. Und weil ein Frauenchor halt doch anders klingt als ein gemischter, hat Angelika Fürthauer das Frauenterzett die „Seeleiten Sängerinnen“ gegründet.

Unvorstellbar, daß bei dieser Lebens- und Arbeitsintensität noch Zeit und Muße bleibt, um still zu beobachten, liebevoll-distanziert zu urteilen und das dann sprachlich pointiert auszudrücken. Alles wieder mit einer verblüffenden Leichtigkeit, man hat das Gefühl, A.F. spricht beziehungsweise schreibt wie ihr der Schnabel gewachsen ist, es sprudelt nur so aus ihr heraus – tatsächlich setzt sie ihre Sprache virtuos ein. Das macht das Lesen der Gedichte zum Vergnügen und zum künstlerischen Genuß (übertroffen wird dieses Vergnügen nur durch das Zuhören – wenn die Autorin ihre Gedichte selbst vorträgt).

Die Themen ihrer Mundartgedichte sind umfassend: Vom „telekomischen Tarifmodell" und „Tamagotschibauer" zum „Frühpensionist durch Fahnenflucht" und „Lebenslauf im Wechselschritt" – humorvoll, spannend, zeitkritisch, nachdenklich und grenzüberschreitend.

Gedichte zum Schmunzeln und zum Innehalten, Gedichte zum Auswendiglernen und zum Vorlesen.

Viel Vergnügen mit diesem Band, dem hoffentlich bald der nächste folgt!

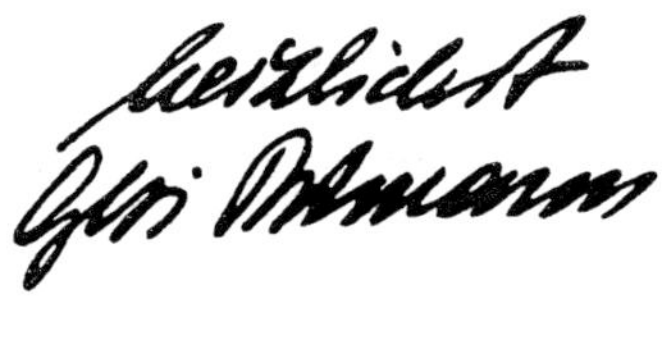

In bester Gesellschaft

Schaun mih dö Leut oft ganz groß an,
weil ih Büacha schreibn kann –
dann sag ih eahna: Machts koa Weda,
schreibn tuat doch heut schon jeder!
Jeder, der von sich redn macht
hat noch a Büachl aussabracht!

Politiker schreibn an Roman
sobalds nimma am Ruada san,
Sexbombn widmen ihren Report
horizontalen Leistungssport,
verblichne Stars beschreibn die Zeit
wo d'Bretter noch die Welt bedeut'
und Missen gebn schwarz auf weiß
das Geheimnis ihrer Schönheit preis.

Kräuterpfarrer, Brauchtumspfleger,
Hobbygärtner, Schürzenjäger,
Weltrekordler, Stoanasammler,
Rosenzüchter, Seelenbaumler,
Hafenbruada, Haubenkoch –
Autoren gibts heut noch und noch.
Es schreibt der Träumer wia da Spinner,
und warum solls dann i h net kinna!?

Modeschau mit Alpenblick

Hat auch des Gärtners Blütenpracht
den Frauen stets viel Freude gmacht,
is koana von dö Blumensträuß
heut so beliebt wia 's Edelweiß.

Obwohl's bei uns fast ausgstorbn is,
is um dös Bleamal so a Griß
daß man glaubt, weils olle wolln,
der Kräuterpfarrer hätts empfohln.

Hast nämlich net auf deinen Roben
wenigstens oans zum Herzoagn obn,
schaut dir koana hinterher –
denn nur mit Edelweiß bist wer.

Is von der Schulzeit noch bekannt,
daß nur auf karger Felsenwand
hoch über der Baumgrenz blüaht,
wucherts jetzt auf Haubn und Hüat,
auf die Hemden hint und vorn,
auf die Lapperl von die Ohrn,
auf die Kloadln und die Blusen
und den Behältern eines Busen,
der deswegen aber net
auch unter Naturschutz steht.

Weils dort so gfährlich san zum Brockn,
blüahn s' auch herunt auf Schuach und Socken
und Halstüachln, wo sie sich tummeln
bis unter die Hosenstummeln.
Wahrscheinlich gibts auch da und dort
schon edelweiße Boxershort.

Wer jetzt glaubt am ersten Blick,
daß in der Alpenrepublik
dös Bleamal deswegn aussterbn tät,
braucht nur schaun am Etikett.
Dös gibt nämlich 's Geheimnis preis,
daß die vielen Edelweiß
net in der Hoamat gwachsn san,
sondern in Hongkong und Taiwan!

Geisterfahrerliebe

Der Freund ruaft auf der Autobahn
sei Schatzerl übers Handy an
und schreit eini: Hallo, Hasi!
Wia die Feuerwehr, so ras' ih,
ziag dih oh, ih bin glei da!

Na, schreit sie zruck, fahr bloß net ab!
Du kannst mih schon viel früher segn,
ih kumm da nämlich grad e n t g e g n !

Der Tamagotchibauer

Der Hinterbauernseppnbua,
seine Freund sagn „Joe“ dazua –
hat Stallarbeit und Landluft satt
und suacht an Posten in der Stadt.

Dort hat er sich, weil sunst nix lafft
a Tamagotchispielzeug kafft;
und weil er dös Viecherl hegen,
fuattan muaß und fleißig pflegen
und weils ihn in da Schlummerkistn
a nu weckt zum Stall ausmistn,
hat er wieder jeden Tag
sei Landwirtschaft im Hosnsack.

Vierbeiner im Vormarsch

Wann wir heut auch ständig hörn,
Familie wird unmodern
und ein Drittel aller Ehen
will kinderlos durchs Leben gehen –
ih halt dös mehr für ein Gerücht.

Schon deshalb, weil auf lange Sicht
wer unsre Renten einzahln muaß.
Den Gummibärchen droht Konkurs
und wovon, solls koa Kind mehr gebn
solln dann die Babysitter lebn.

Ih glaub, die Meldung war a Schmäh…

Doch wia ih heut zum Krama geh,
wird mir beim Einkauf plötzlich klar
daß dös koa falsche Schlagzeiln war.

Da siag ih nämlich im Regal
wo noch früher ganz normal
Pampers warn und Kinderbrei –
jetzt Hundsfuatta und Katzensteu!

Im volksDümmlichen Himmel

Geisterfahrer, Megastau,
Streiks und Pesonalabbau,
wer kunnt nu glücklich werdn im Lebn,
täts net die Heimatklänge gebn –
die die Orginal Fidelen
erfunden habn für gstreßte Seelen.

Dös is dös, was der Mensch heut braucht,
der verdrossn is und gschlaucht
was ihn wieder auskuriert,
weil bei an Alpenhit fürs Gmüat
die kloane Tür zum Paradies
plötzlich wieder offen is.

A Zelt, a Halbe und a Tschik
bringt jeden Tag ein kleines Glück
und dös kann dir koana raubn.
Du muaßt nur an a Wunder glaubn –
dann merkst sofort wias aufwärts geht
zum Bergerl drobn, wo 's Kircherl steht
und wia da Bach zum Bacherl wird
über dös a Brückerl führt.

Magst vorher noch so einsam sein,
falln glei dö Stoa vom Herzilein.

Geht auch in manchen Köpfen um,
„Volkstümlich", dös kimmt von dumm –
kann dös net wahr sein, wo der Text
so schen is, daß'd oft woana megst.

Da steckt a Gottvertrauen drin!
wo ih mir heut schon sicher bin,
daß volksdümmliche Musikanten
olle amal im Himmel landen.

Und holt an Moik womöglich a
die Patrona von Bavaria
spielns auch „Hosanna in der Höh“
volksdümmlich mit weichem D.

Dann pfeif ih auf mein Heiligenschei’
bleib herunt und hör Ö3!

Wunschtraum eines Kleinverdieners

Der Chef druckt ma zum Monatsend'
a Packl Tausender in d'Händ,
lacht charmant und sagt sodann
so nett, wias nur mei Metzger kann
unterm Schnitzel abaschneidn:
„Derfs heut a bisserl mehra sein?"

Die Werbeverkaufsschau

A Bus voll Leut aus unserm Ort
macht über d'Grenz a Werbefahrt
wo a Firma bei an Wirt
a Verkaufsschau präsentiert.

Wannst da drinnensitzt, erfahrst
was echte Nächstenliebe hoaßt,
denn solche Menschen san spendidt!

Verschenken Schnitzel mit Pommes frites,
jedem Ehepaar im Saal
5 kg Zucker, feinkristall
und Kuckucksuhrn als Werbegschenk.

Wann ih da an d'Verwandtschaft denk,
is net amal mei Tant Marie
annähernd besorgt um mih…

Denn nach dem Essen mahnt ein Herr,
wia wertvoll die Gesundheit wär.
Gesund zu lebn wär höchste Zeit
und heut hätt ich die Möglichkeit
bei ihm a Deckn zu erstehn
um vital durch's Lebn zu gehn.

Bin ih anfangs nu abgeneigt,
er hat mich sofort überzeugt
mit a Schwarzweißgroßaufnahme
einer schwangern Milbendame
wie sie zu Abermillionen
mit mir unter der Tuchent wohnen.

Dös Bildl macht mih fix und fertig,
denn plötzlich wird mir gegenwärtig
daß mih im Schlaf dös Monster frißt.
Was der Herr sichtlich genießt!

Denn unbeeindruckt von mein Schrecken
preist er sofort sei gsunde Deckn,
die Energien transportiert,
daß jeder Flohzirkus krepiert!
Sobald der Körper sich drauf streckt,
wird der Kreislauf angeregt
und massiert durch sanfte Noppen,
die den Prozeß des Alterns stoppen.
Ob Bandscheibnleidn, Fußödeme,
Fettsucht, sie löst alle Probleme
und ich brauch nur mehr unterschreibn
um ewig jung und gsund zu bleibn!

Beim Preis trifft mih zwar fast der Schlag.
Aber wer macht schon jeden Tag
a Lebensinvestition…
Wegen einem Monatslohn
bin ih net glei bettelarm!
Ih streich mein Urlaub, bleib dahoam
und hab ih mir gnuag Geld erspart
mach ih dö nächste Werbefahrt!

Der Rinder-Wahnsinnspreis

Familie Müller aus Berlin
macht Urlaub in den Bergen drin,
wo eahna Sprößling 's erste Mal
a echte Kuah siagt in an Stall.

Er hört net, wia da Bauer sagt,
daß 's Nutzviech Pflichtohrmarken tragt
sondern schreit: Papi, guck mal an,
da sind die Preisschilder noch dran!
So ne Kuh, das ist echt stark,
kostet 12.070 Mark!

Im Gourmettempel

Wann ih mein Magn was gönnen will,
was recht guat is und net viel
und an Grund zum Feiern han
geh ih ins Haubenrestaurant.

Ih fühl mih wohl in so an Haus.
Da ziagns da glei an Mantel aus
und aufm Tisch steht Silbergschirr
als hättens scho lang gwart auf mih.

Da is net so wia bei an Wirt,
der Bier anschlagt und Würstl siad.
Der Ober macht bei jedem Schluckerl
dös er mir einschenkt, a kloans Buckerl
und bringt, was andre Wirt nia tätn
drei Aschenbecher pro Zigretten.

Dann legt er mir die Kartn für.
Bedächtig wia a Wertpapier,
denn beim Gourmet geht nix schnell, schnell!
Dös is a Hofzeremoniell.
Dös muaß man bewußt genießen,
es san nämlich nur a paar Bissen
aber sie tragn an langen Nam:

Hüftrippchen vom Weidenlamm
mit Ortsangabe der Geburt
und dazua an Fingerhuat
veredeltes Champagnerkraut
mit a Pinzettn aufgebaut
und eingrahmt von a Soßenstraß.
Nimmst dir a Vergrößerungsglas
hast dös Gfühl, der Haubenwirt
hat angewandte Kunst studiert!

So a Gebilde schmeckt nach mehr
und dös gilt auch fürs Dessert,
denn auf Tellern groß wia Wagnradl
schwimmen drei Melissenblattl
wia a Landschaftsaquarell
in an Lackerl Fruchtgelee.

Bedenkt man bei dem Mehlspeistraum,
daß auch die Augn mitgessn habn
und an Beethoven sei Zehnte
inbegriffen war im Ambiente
hat mih dö Rechnung gar net gschreckt
die unterm Spitzendeckerl steckt.

Es kummt mir sogar billig für!
Wannst denkst, was die ois tuan für dia
kriag ih, wann ih beim Metzger schau –
um dös Geld grad a halbe Sau!

Mein Wunschkennzeichen

Weil ih mit mein Automobil
endlich auch was gelten will
und net der breiten Masse gleichen,
brauchat ih a Wunschkennzeichen.

So a Taferl macht was her.
Du bist plötzlich koa Nummer mehr
sondern a Verkehrsobjekt
dös großes Interesse weckt.

Egal, ob iatzt dei Kübel alt
oder neich und noch net zahlt –
oan, der a Wunschkennzeichen lenkt,
wird auf der Straß Beachtung gschenkt.

A Umstand, den ih längst verdien,
daß d'Leut segn, daß ih a wer bin,
denn so a Schildl kost net d'Welt.
Es bleibt nur oa Frag, die mih quält:
Was nimm ih für mei Person
für Buchstabnkombination
wo jeder aufhorcht, daß mih gibt…

Vornamen san sehr beliebt,
aber auch Scherz- und Koseworte,
Berufe, Firmen, Heimatorte
und um Begriffe is a Griß
wo oana mehr scheint, als er is.

Der Boss, der Wirt, die Kunst, die Hex',
Gabi und Sepp san unterwegs,
fünf Buachstabn höchstens und net mehr,
und auf koan Fall ordinär.

W WARUM 1
WIEN
SCHINDLER 14, Cumberlandstr. 29 ☎ 89 42 709

Auch SPÖ und ÖVP
is net erlaubt, was ih versteh
daß die Parteien net freigebn habn,
die fahratn ja ständig zamm!

Und hinten steht meist „EINS“ dabei,
denn jeder will der E r s t e sei,
i h will natürlich auch die „OANS“,
und gibts dös nimmer, brauch ih koans!

Irgendwie zwickts mih eh im Bauch
ob ih dös Taferl wirklich brauch
denn mei Privatlebn is dahin
wann olle wissen, wer ih bin.

Steht mei Wagn vor der Wirtshaustür,
sagn d'Leut: Schau, sie geht auf a Bier!
Is er beim Supermarkt abgstellt,
sagns: Die verblitzt dös ganze Geld!
und wanns Auto vorm Kino steht,
sagns: Hat denn die koa Arbeit net?

A jeder woaß dann, was ih treib!
Drum kimm ih zu dem Schluß, i h bleib
dös, was ih b i s h e r schon gwesen:
Liaba das unbekannte Wesen!

Ohne Rauch gehts nicht

Wann d'Menschen auch von Anfang an
mit zwoa Händ ausgestattet san,
gibts welche, die nur oane brauchen
weil sie mit der zweiten rauchen.

Solche Leut habn mehr vom Lebn,
und sitzen Nichtraucher danebn
und die blasens freundlich an
habn die auch noch was davon.
Weil sie sich koa kaufn brauchen,
sondern umasunst mitrauchen.

D i e san zwar längst die Überzahl,
doch probiert habns a amal
und wahrscheinlich hoamlich gspiebn,
sunst wär eah dös Laster bliebn!

Doch d i e verurteiln heut die Bovler
und ziagn bei jedem Zug an Schnofler.
Sie behaupten, so a Tschik
stinkt wia a Papierfabrik
und a Raucherbussl schmeckt
als hättst im Aschenbecher gschleckt.

Aber dös is koa Hindernis.
Was a echter Raucher is
suacht sei Gegnstück sowieso
unter dem Kennwort „MARLBORO".

Die is genußvoll Zug für Zug.
Das Leben ist schließlich hart genug
sagt der innere Schweinehund
und findt für jeden Tschik an Grund:

Ob in Gesellschaft, ob alloa,
ob Hemmungen zwecks Händ hintoa,

ob man feig oder verlegen
ob man auf hart spielt und verwegen –
a Mischung Nikotin mit Teer –
schon bist der Lage wieder Herr.

Ja, so a Raucher hätts so leicht
würd er net überall verscheucht
und gjagt mit seiner „Wilden Sorte“
an menschenunwürdige Orte,
sprich Zonen, wo sei Vorsatz reift
daß er nie mehr an Tschik angreift.

Doch sowas wär net auszumaln.
Denn wer soll denn die Steuern zahln
mit denen unser Vater Staat
im Budget schon grechnet hat.

Zwegn dem alloa verteidig ih
d'Verdienste der Tabakregie
und sitz geduldig drin im Gstank,
denn Raucher lebn ja eh net lang!

Der Treibhausnebeneffekt

Habn Omas früher noch fürn Winter
Fäustling gstrickt für Enkelkinder,
is', seit's so warm wird auf der Welt
dös längst a aussigschmissns Geld.

Die Weltklimakonferenz
beschäftigt dös Problem immens
daß die Flieger und Fabriken
Abgase zum Himmel schicken
und d'Erdn, weils zviel Wärme hat
austreibt wia a Kopfsalat.

Wir wärn ja teilweis sogar froh,
aber was tuat a Eskimo
der, weil eahm sei Iglo zgeht,
demnächst mitn Bett im Freien steht.

Die Eisbärn, die bald koa mehr sand
werdn in Erdbärn umbenannt
und wia wär den Touristen fad
die mit ihrn Fotoapparat
vorm Dachsteingletscher stehn
und nur a Latschn Wasser sehn.

Is auch die Lage sehr gespannt
und in unserm ganzn Land
wird Eis schon bald zur Mangelwahr –
ih siag für mih da koa Gefahr:
Wir kriagns nämlich sowieso
vom Schöller und vom Eskimo!

Null Komma fünf Problemo

Weils grad so wimmelt von dö Narrn,
die mit an Vollrausch Auto fahrn
und führn die Unschuldigen zamm
die nur a Kracherl trunkn habn,
hat der Verkehrsminister jetzt
die Promillgrenz obagsetzt.

Auf Null Komma fünf Promill.
Da is a Achterl Wein schon z'viel
und trinkst an Schnaps im Fingerhuat,
hast sofort Alkohol im Bluat.
Drum sollns mih gernhabn, d'Schantinger,
ih trink in Zukunft gar nix mehr!

Hab ih bisher meine Soßen
mit an Schuß Weißwein aufgegossen,
in Germtoag, daß er aufgehn kann
a Handvoll Rumrosinen tan
und mei Vanille-Eisdessert
serviert mit Pfefferminzlikör –
die Freuden kann ih mir jetzt sparn
will ih nu länger autofahrn.

Mei guata Ruf wär ruiniert
wann mih a Wachmann kontrolliert
und beim Test verfärbat sie
's Röhrl zwegn o a n Mon Cherie!

Drum Mitmenschen, ich warne euch
wollts autofahrn in Österreich
und habts Kopfschmerzen am Steuer
kimmt euch dös ab heuer teuer,
denn reibts euch ein mit Franzbranntwein –
kost euch dös glatt an Führerschein!

Kleinkinder im Großformat

Reden sich ältere Leut oft ein,
sie möchtn gar net jünger sein –
mih frißt jedesmal der Neid
wann ih dö Kinder anschau heut.

Dös Action, was die Kloan heut habn
bringt net amal a Großer zamm,
denn kaum tuat 's Kind den ersten Schrei
is überall schon live dabei.

Statt zu schlummern in der Wiagn
derfs im Jet auf Urlaub fliagn,
wann d'Feuerwehr a Zeltfest macht
derfs aufbleibn bis Mitternacht,
beim Schifahrn hängts auf Papas Buckl
und wedelt über d'Pistenmugl
und sogar d'Wirtshäuser kennts,
weil er's, wanns ihm in Karenz
dahoam beim Bügeln z'einsam wird
im Kinderwagn zum Stammtisch führt.

Hat so a Baby dann noch 's Glück,
daß d'Mama in der Politik –
trinkts ungeniert im Hohen Haus
die Brust vorm Nationalrat aus.

Deshalb pfeifts dir auch bald was
wannst ihm erzählst vom Osterhas,
vom Storch und vom Herrn Nikolaus.

So a Knirps kennt sich heut aus
warum man 's Christkindl net siagt
und ab wann man die Pille kriagt.

Wer woaß, was er zum Zeitvertreib
getüftelt hat im Mutterleib,
denn er geht kaum alloa aufs Klo
und programmiert schon ’s Video,
wo mir heut der Plan noch fehlt
und bin schon so lang auf der Welt!

Daß so a megacooler Kid
dann Mama! sagt, da kummst net mit!
find ih überhaupt net schlimm…
Dafür kenn ih die Brüder Grimm
und war bereits als Hänschen Klein
dank Stoffwindeln bald stubenrein!

Der ideale Kandidat

Wärs fürn Tourismus auch ganz nett,
wann Österreich an Kaiser hätt –
samma froh, daß koan mehr hat,
weil dadurch im Vater Staat
jede Frau und jedermann
zum Oberhaupt gewählt werdn kann.

Grundbedingung is a blauer
Nadelstreif vom Kleiderbauer,
den brauchst als Bundespräsident.
Und 50,1 Prozent
der Wähler, die dir d'Stimme gebn,
dann derfst, ausgsorgt für dei Leben
in der Hofburg residiern.

Da muaß dir 's Bundesheer pariern,
wegn jeden Schoaß rolln's beim Spalier
den roten Teppich aus wegn dir,
daß ja die Schuach net dreckig wern
und überall wird dir zu Ehrn
a Hymne gspielt und d'Fahne ghißt
und gschossn, weil du kemma bist!

Zum umadumfliagn in der Welt
brauchst weder Reisepaß, noch Geld.
Wo du hinkummst, kriagst ois gschenkt
in Ämtern und in Schulen hängt
ganz Österreich dei Bildl auf,
auf der Briafmarkn bist drauf,
wo dir jeder 's Gsicht abschleckt
und muaßt a Rede haltn, legt
dein Sekretär oder -tärin
dir d'Ansprache vor d'Nasn hin.

Ois hätt ih, was ih sunst net hab!
Von der Stadt Wien a Ehrengrab
und bedenkt man dös Gehalt,
so wärs a Posten, der mir gfallt!

Sollt ih mih daher ’s nächste Mal
aufstelln lassn bei da Wahl
und ich erschein’ euch am Plakat
als „idealer Kandidat“ –
kriagts als Werbegschenk von mir
a rotweißrotes Klopapier!

Erntesegen ohne Ablaufdatum

Hat man sich in der Kinderzeit
schon auf die ersten Kirschen gfreit
und hinterm Zaun auf leisen Sohln
im Pfarrergarten Äpfel gstohln –
so habn im Supermarkt heut schon
die Früchte 's ganze Jahr Saison.

Heut brauchst nimma am Frühling wartn
bis was austreibt in dein Garten.
Bei Schneegwahn von an halben Meter
und minus Zehn am Barometer
wo jeder rote Nasen hat –
kannst Radieschen und Salat
und Gurken hoamtragn in der Taschn,
Weintrauben und Erdbeern naschen
mit Ananas dein Hunger stilln
und dich wia Gott in Frankreich fühln.

Hast früher schon die Tage zählt
und Pelzschuah vor dei Fenster gstellt
bis der Nikolaus erschienen
mit den ersten Mandarinen –
schicken jetzt d'Neger schon im Summa
mitn Traumschiff Pomeranzen umma.
Die kannst im Juli schon im Laden
kaufen und mitnehma zum Baden.

Dös wär a Leben ganz nach mein Gschmack,
rennat ih net jeden Tag
wia a Idiot im Kroas,
weil ih hint und vorn net woaß
ob in mein Schlemmerparadies
grad Summa oder Winter is.

Frühpensionist durch Fahnenflucht

Die Firma hat an Maurergselln,
der kann zwar net bis fünfe zähln,
doch daß in oana Kistn Bier
zwoanzg Flaschln san, vergißt er nia.

Weil er dös Quantum jeden Tag
so dringend braucht wia d'Wasserwaag
is er mit vierzig Jahrn am Sand
und bald darauf im Ruhestand.

A Fall, so mittn ausm Lebn
soll folgendes zu denken gebn:

Net jeder, der a Fahne hat
dient deswegn auch dem Vater Staat!

Lebensrezept auf Sparflamme

Wer ollweil denkt auf derer Welt,
was guat und schen is, kost a Geld
und was oan schmeckt, dös is net gsund –
wird amal a armer Hund.
Weil er im Eifer seines Strebens
nur Jahre zählt im Lauf des Lebens
und ihm am End vor lauter sparn
das Leben fehlt in seinen Jahrn.

Modewort mit Mutterwitz

Daß jeder, der im Leben steht
statt deutsch heut liaba englisch redt –
weil d'Muattasprach von fruah bis spat
zweng Ausdruck und zweng Action hat –
merkt man auch am Wörtchen Kind
dös aus dem Sprachgebrauch verschwindt.

Heut sagt ma zu dö Kinder „K I D S".

Ih halt dös Ganze für an Witz
und brauch so Modewörter nia,
denn wann ih richtig kombinier
is nämlich, soviel ih woaß
die Muatta von an Kitz – dö G o a ß ! ! !

Das telekomische Tarifmodell

Seit jeder woaß, daß bei der Post
’s Telefoniern fast nix mehr kost,
weil wir aus vier Tarifmodellen
die günstigste Gesprächszeit wählen –
hört zu den unmenschlichsten Zeiten
mei Kastl nimmer auf zum Läuten.

Ab Mitternacht, kaum daß ih schlaf,
meldt sich schon irgend so a Aff
der eh net woaß, was er recht will,
aber um die Zeit kosts net viel.

Kaum, daß ih richtig aufglegt han
ruafn schon meine Nachbarn an,
ob ih mir net nächsten Tag
die Urlaubsfotos anschaun mag.

Ah – in der Welt fliagns umadum
und bei der Post zahlns ’s Minimum!

Aber auch Leut von woaß Gott wo
klingeln bei mir und sagn: Hallo!
Wir hoffen, daß wir dich nicht störn,
schlaf weiter! und Auf Wiederhörn!

Bis um achte in der Fruah
tua ih seither kein Aug mehr zua,
fang zum Fluachn an und Betn
und brauch a Schachtel Hustinetten.

Ab da gilt der Geschäftstarif.
Da hab ih wieder ois im Griff,
denn ruaft mih ’s Finanzamt an dahoam,
sollns ruhig glaubn, ih wär scho gstorbn.

Jetzt kunnt ih schlafn bis zum Kochn,
hätt net zuafällig die Wochn
die Sexhotline a Nummer kriagt
die der meinign ähnlich siagt.
Durch billige Tarifeinheiten
habn die ihre Hauptstoßzeiten
nämlich am Vormittag verlegt.
Ih hab dös anfangs gar net checkt
wia mei andres Ende flüstert
ob mich net grad auf was gelüstert...

Da soll mei armer Kopf net brumma!
Gebts mir sofort die Kummernummer
und die Telefonseelsorg,
weil ih mir sonst an Strick ausborg
und vor dem nächsten Anruf schon
mitsamt mein Hörer aufghängt han!

Pechvogel im Härtetest

Die Katz hat sieben Junge kriagt,
die Kopfwehpulverl habn net gwirkt,
beim Hausliacht is die Birn ausbrennt,
die Erbtant hat dih nimma kennt,
der Lieblingspulli is geschrumpft,
der Ehemann beim Wirt versumpft,
und wann beim Frühstück in da Fruah
statt aufs Brot dei kloana Bua
die Marmelad' aufs Tischtuach streicht –
sag: Take ist easy – und nimms leicht,
weil nur den, der drüber lacht
was ihn net umbringt, härter macht!

Hausbesuche per Fernbedienung

Hab ih mit meinen Nachbarinnen
früher nu gmüatlich plauschen kinnen,
wers mit wem im Dorf so halt –
laßt mih dös heut ziemlich kalt,
denn seit die Welt zu Gast bei mir
kumm ih kaum nur vor die Tür.

An Kopf nu aufm Polsterzipfel
siag ih im Bett scho olle Gipfel
und daß heut am Glockner grad
an Schneesturm bei zehn Minus hat.

Dann mach ih schnell mei Hausarbeit.
Da hab ih eh scho höchste Zeit
weil bereits im Parlament
die Budgetdebatte rennt.
Die wärn enttäuscht im Hohen Haus,
schauats bei mir dahoam recht aus.
Da trag ih auch koan Schlafrock mehr,
weils mir richtig peinlich wär
wann mih der Bundespräsident
in Schlapfn siagt und ohne Zähn'd.

Zu Mittag koch ih nur fast food,
denn bei an Film aus Hollywood
hab ih eh koan Appetit.
Da nimmt mih 's Happy End so mit
von die Reichen und die Schen
die ih besser wia d'Verwandtschaft kenn.

Nebn Stars san aber auch der Adel,
Sportler und Musikantenstadel,
Könige, Fürsten und die Queen
Stammgäst in meiner Stubn herin.

Tritt a Prinzessin vorn Altar,
muaß ih dabeisein, dös is klar
und gibts amal a Staatsbegräbnis
koch ih als bleibendes Erlebnis,
weil ih ja bei der Leich mitgeh –
Rindfleisch mit an Semmelkre'.

Ja, ih leg Wert auf Form und Stil,
drum trag ih bei an Länderspiel
und Fuaßball WM Ausscheidung
nur sportlich saloppe Kleidung
und schrei mitn Schiedsrichter im Chor
bis zum Schlußpfiff foul und Tooor!

Noch aufregender is für mih
aber der Formel 1 Grand Prix,
weil ih da abheb, daß mih fast
von der Sof' am Teppich blast.

Dös halt mein Kreislauf fest auf Trab,
drum taugt mir auch der Schiweltcup,
denn auf der Streif, da zittern mir
a Wochn später nu dö Knia.

Mag ih von Politikern
und Gaunereien nix mehr hörn
die sich abspieln in Europa –
versinke ich ins Reich der Oper
und sing zur Festspielzeit im Bett
mitn Pavarotti im Duett.

Dös ois kann ih dahoam erlebn
ohne mih vom Sessel z'hebn
in meine eignen vier Wänd!
Selbst wann beim Nachbarn 's Haus abbrennt
geh ih net abi über d'Stiag.
Weil ih's ja eh im Fernsehn siag!!!

Das Handicap

Mei Nachbar gwinnt im Fernsehquiz
an Hauptpreis, der an Handy is.
Er is sich seines Glücks bewußt,
denn tragens andre in der Brust
oder im Hosensack durchs Land –
halts er andauernd in der Hand.

Was ihm zum Verhängnis wird,
wann er a Bedürfnis spürt.

Und weil, wann er sei Hosn knöpfelt,
er nur oa Hand hat, wenns schon tröpfelt,
glaubt seit sein Hauptgewinn der Depp,
Handy kimmt von Handicap!

Tierversuch für fesche Katzen

Ob man a Illustrierte kauft
oder a Film im Fernsehn lauft –
ollwei is d'Frau das Lustobjekt
dös im Mann den Jagdtrieb weckt.

A schwarzer Straps, a Stückerl Haut
dös unterm Kittl füraschaut
oder a knapper Strandbikini –
glei werdn d'Mannerleut so winni
daß sie den Verstand verliern,
weil die Sexhormone explodiern.

A Frau die d'Sinne so berauscht
wird dann gegn die eigne tauscht
und schon lest ma in der Zeitung
nur mehr von Grapschaffärn und Scheidung.

Daß daran nur d'Frau schuld is,
woaß ma ja schon vom Paradies,
da liegt bereits der Hund begrabn.
Dabei kunnt ma's so oafach habn
wanns so wia in der Tierwelt wär,
nimmt man nur die Katzen her.

Die kennan koan Beziehungsfrust,
zwoamal im Jahr verruckt vor Lust
ziagns umananda mit dö Katern.
Da fragt neamd nach dem echten Vatern!
Ohne Eifersüchtelei
triafft nach 9 Wochen Nachwuchs ei
umsorgt mit zärtlichem Geschnurr
und a halbs Jahr is wieder Ruah.
Es gab koan Krach und koane Krisen –
's Trieblebn wär a gmahte Wiesn.

Dös ganze Gscher mitn Gütertrenna,
dös Aussaputzen für die Männer
Belästigung am Arbeitsplatz –
wär im wahrsten Sinn für d'Katz.

Ih glaub aber, daß dös nix bringt,
denn is dö Lust saisonbedingt,
schleicht sich der eigne Ehemann
nur zum Katerfrühstück an
und für den Rest des Jahres hamma
im Schlafzimmer an Katzenjammer!

Liabsbriaf mit Lichtbild und Erlagschein

Fahrt Fräulein Hübsch auf Brautschau fort,
malt sie auf ihrn Audi Sport
a Herz mit Pfeil auf d'Autotür
weil sie noch immer glaubt, daß ihr
der Richtige entgegenkimmt,
der sie zur Frau fürs Leben nimmt.

Doch soviel sie hupt und blinkt,
lässig aus dem Fenster winkt
und eahna vorfahrt wia da Blitz –
koana nimmt von ihr Notiz,
bis endlich oana, wias grad lacht
am Straßenrand a Bildl macht.

Die Zeit vergeht und Wochen später
kimmt endlich mit der Post a netter
Briaf. Und da kriagts wia so oft,
wo's Fräulein Hübsch hat sehnlichst ghofft
daß a Heiratsantrag war –
a Radarstraf von der BH!

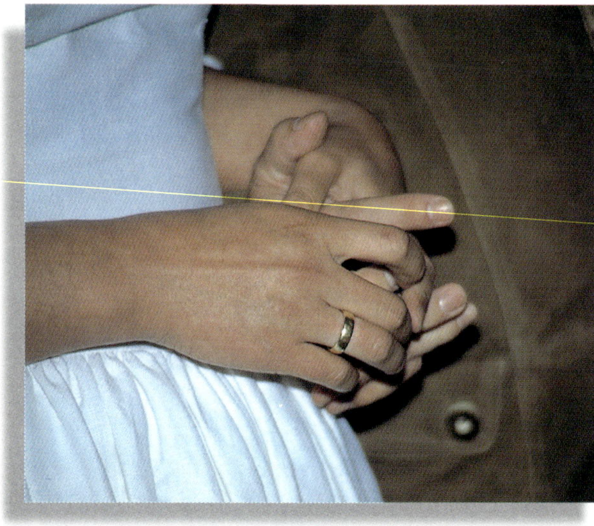

Herzerkrankung mit Heiratschancen

Der Himmel is blau
wia er vorher nia woar
du tanzt nach a Musi
die is scho längst goar,
du brauchst nix zum Essn,
dabei hast nix im Magn,
auf dö Sträucher blüahn Rosn
obwohl's gar net tragn,
der Bach rinnt bergauf
und der Regn bleibt steh,
ois, was dih sunst ärgert
is auf amal sche,
du hörst tausend Geign spieln,
derweil is a Jazz
und weil dei Herz rast
als hätts hundert PS –
gehst zu dein Doktor,
der auf der Stell kennt
für sowas, da gibts nu
koa Medikament.

Dös is net a Krankheit
an der oana stirbt –
dös nennt man seit Adam und Eva
v e r l i a b t !

Weit vom Schuß

Hoaßts a im Liad nu ollewei
„Gar lustig is die Jägerei“
hat heut a Jaga zamt sein Hund
zum Lustigsei nimma viel Grund.

Er hats net leicht die letztn Jahr
weils nimma is, wias früher war.

Mecht er auf an Hirschn zieln
fangt d'Digitaluhr an zum Spieln,
und beim Ansitzn am Bock
läut 's Handy drin im greanan Rock.

Wär dös alloa scho gnuag Malheur –
kämpft er heut mitn Gegnverkehr.

Denn schon in aller Herrgottsfrüah
fahrn eahm d'Auto durchs Revier
mitn Haserl aufm Liegesitz.
Da muaßt Beherrschung habn als Schütz,
daß'd, wann dih 's Zuaschaun scho verdriaßt,
eah net in Wagn an Patschn schiaßt.
Du nämst am liabstn d'Bix am Bucki
und braust hoam mit dein Suzuki.

Denn sans den oan Tag d'Liebespaarl
sekkiern's ihn nächsten Tag mitn Radl
die den ganzen Steig ruiniern
und eahm mitsamtn Hund zammführn.

Drum bitt für uns, St. Hubertus,
mach mit dem Spektakel Schluß!
Denn sterbn uns d'Jaga im Verkehr
werden auch die Stammtisch leer.
Dann steht, wo 's Jagawirtshaus gwesn
a Restaurant von an Chinesn
mit dem Namen L i n g L a n g F u –
vormals Gasthof Waldesruh!

Selbst ist die Frau

Hat man die Frauen auch bis jetzt
benachteiligt und unterschätzt –
stelln sie heut überall ihrn Mann
und zoagn, daß sie am Ruada san.

Sie spritzen bei der Feuerwehr,
schiaßn mit beim Bundesheer,
fliagn in Weltraum per Raketen,
rauchen packerlweis Zigaretten,
können Landeshauptmann werdn,
dachdecken und rauchfangkehrn,
schwoaßn und Auto repariern,
Blaskapellen dirigiern,
boxen, fuaßballspieln und ringen
und bei dö Sängerknaben singen.

Hat der Mann z'erst komisch gschaut
was sich a Weiberleit ois traut
und stiehlt ihm überall die Show –
genießt er langsam schadenfroh
daß er's nimmer als Kavalier
zum Tanzen holn muaß auf die Knia!

Heut kann er sich zur Bar hinloan
und denken, suach da selber oan!

Auch aufmerksam vom Sessel springen
der Gnädigen an Mantel bringen
mit Handkuß in Ergebenheit –
ghört längst in die Vergangenheit!

Drum is a die Brautschau leicht wie nie.
Weil e r erobert wird und s i e
fensterln kummt um Mitternacht
und i h m an Heiratsantrag macht!

Dös nennt man heut emanzipiert.
Und wann der Mann auch profitiert –
wann er noch amal der Adam wär
gäb er sei Rippe nimmer her!

Weiberleitneid

Ah, sagt die Reserl zur Marie:
„Bei jedem Anlaß siag ih dih
mit an neichn Auto fahrn."
Geh, sagt d'Mariedl: Red koan Schmarrn!
was ih Verschleiß hab im Getriebe,
kann ih einsparn in der Liebe!
Da hab ih ollweil nur den gleichen,
und du kummst jedsmal mit an Neichn!

Heimlicher Hausfrauenwunsch

Sie hat an Waschvollautomat,
a Hausliacht, dös sich selbst aufdraht,
a Maschin für Wäsch und Gschirr,
an Abwaschfetzn aus Papier,
an Kühlschrank, der nie mehr vereist,
an Toaster, der ihr ’s Brot nachschmeißt,
an Saugboy, der an Staub verschluckt,
an Schrubber, der sich für sie buckt,
an Eierkocher, der ihr piept,
a Telefon, dös Antwort gibt,
an selbstfahrenden Rasenmäher
und verfolgt am Farbfernseher
wia im Rohr der Toag aufgeht.

Doch weil sie gern mehr Freizeit hätt
in ihrer Traumküche nach Maß,
hofft sie noch immer sehnlichst, daß
a japanischer Erfinder
was bastelt, wo sie auch die Kinder
und den verwöhnten Ehemann
per Knopfdruck fernbedienen kann.

Frühlingsbote einer Herbstzeitlosen

Ih glaub, ih hab an Frühling troffn
in der Allee drunt auf der Bank
und jetzt versteh ih erst den Zauber
der ihn umgibt, a Leben lang.

Er is so jung, beschwingt und heiter,
er geht mir nimma ausn Sinn,
dabei is er ganz derselbe
von dem ih früher müad worn bin!

Mei Herz hört nimma auf zum Pumpern,
es schlagt, als ob ih siebzehn wär
und meine guatn Vorsätz rinnan
wias Schmelzwasser im März daher.

Wia er, so hat nu koana gflüstert
drum is mir a sei Vorschlag recht
wia er mih fragt, ob mih gelüstert
daß ih mit ihm erwachen möcht.

Ih glaub, ih hab an Frühling troffn,
und dös in meine besten Jahr!
Drum bin ih mir a net ganz sicher,
obs net der zweite Frühling war…

Ganze Männer machen halbe, halbe

Habn auch die Frauen die ganze Zeit
aufgrund der schweren Hausarbeit
noch aufgestöhnt jahraus, jahrein,
sie möchten liaba Männer sein –
gibts heut vom weiblichen Geschlecht
kaum wen, der was nu tauschen mecht.

Denn habn sich d'Männer mächtig gfühlt
und die Herrn der Schöpfung gspielt,
kann mans jetzt laut Gesetz verpflichten
auch niedere Arbeit zu verrichten.

Und dös is a harter Schlag.
Hat der Hausherr Tag für Tag
zu ruhn gepflegt beim Mittagschlaferl,
steht er jetzt brav beim Abwaschschafferl,
schrubbt die Badwann und das Klo
und putzt dem Baby an Popo.

Er wascht die Dreckwäsch fleckenrein,
kocht die Marmelade ein
und fahrt mitn Kinderwagn spaziern.

Und wehe, er mecht protestiern!
Die Frau Familienminister
ziagt sofort alle Register
spielt er amal den faulen Hund
und wertet dös als Scheidungsgrund!

Ja, so a Rollentausch gibt Schwung
am Weg zur Selbstverwirklichung!

Obwohl, so blendend's mir auch geht
ih mir's nu schöner vorgstellt hätt…

Denn wann ih von meiner Stammtischtour
zu eahm ins Bett steig gegn da Fruah,
„Schatzi“ sag, „iatzt gehn ma's los“
schnarcht er wia a altes Roß
und sagt glatt, daß er net mag
er hätt wieder an starken Tag.

Und so geht dös schon wochenlang,
daß ih zum überlegn anfang,
ob, weil ma ja net aussterbn wolln –
die Rolln net wieder tauschen solln!

Stoßseufzer zum Hl. Haushaltius

Daß die „Nur-Hausfrau“ nix gilt,
im Arbeitslebn koa Rolle spielt
und unterschätzt wird als Beruf,
gilt schon, seit Gott die Welt erschuf.
Ja, zu oller Undank Lohn
hats net amal an Schutzpatron.

Oa Tag ghörat ihr schon gschenkt,
wo olle Welt ihrm Los gedenkt,
drum überleg ih hin und her
welcher Tag geeignet wär.

Unter der Wochn geht dös schlecht,
weil jeder was zum Essn möcht.
An Samstag kann man net benutzn,
der ghört zum Einkaufen und Putzen –
womit nur mehr der Sonntag bleibt.

Doch weil die Männerwelt sich sträubt,
daß Hausfrauentage eingführt wern –
bleibt auch der Sonntag „TAG DES HERRN“.

Das Lebenskarussell

Wieviel Bam jahraus, jahrein,
würden in Himmel gwachsn sein,
tät net von Zeit zu Zeit im Lebn
a Zeigefinger sich erhebn.

Denn wann du als Dreikäsehoch
glaubst, du haust der Welt a Loch
bremst dih gleich a alter Has:
Du bist hinter die Ohrn noch naß!
Greif nix an, dös derfst net toan,
da muaßt erst groß werdn – noch bist z'kloan!

Fangst auch an zum Knödelessen
und tragst Stöcklschuach beim Messen –
nimmt dir schon wieder wer dein Schwung
und sagt: Sei still, du bis noch z'jung!

Bist dann a Mensch und nimma Kind,
das erste Mal vor Liebe blind
mahnt der Nächste übergscheit:
Verpatz dir net dei Jugendzeit!

Jetzt gilts, koa Zeit mehr zu versama
und die Fragen an die Mama
verliern sich langsam mehr und mehr
und bist auch schon dein eigner Herr
der glaubt, mitn selbstverdienten Geld
kauft er sich die ganze Welt
und er hätt es zu was bracht –
dann sagns: Du hast koan Kriag mitgmacht!

Du schufst und rackerst wia a Roß.
Sparst und ziagst die Kinder groß
und glaubst, du hast a Lebn aufbaut
wo dir neamd mehr auf d'Finger schaut.

Was'd früher schwer nimmst, nimmst jetzt leicht
denn endlich hast dein Ziel erreicht
und kannst den Jungen für ihr Lebn
guate Ratschläg weitergebn.

Bald merkst, daß dös a Irrtum war
denn mitten in dö besten Jahr
sagn die Kinder plötzlich: H a l t !
Du kannst net mitredn, du bist z'alt!

Im Lebenslaufschritt

Als wärs grad a Handvoll Zeit
im Wechselspiel von Freud und Leid
is a Lebn Revue passiert.

Der erste Schrei, der erste Schriatt,
der erste Zahn, der aussawachst,
dös erste Wort, wannst Mama sagst,
Kindergarten, Schulzeit, Lehre
Berufseinstieg und Karriere,
erwachsen werdn, vom Nest ausfliagn,
heiratn und Kinder kriagn.

A Blattl welkt, a neues kimmt –
so is vom Schicksal vorbestimmt
bis zum Sonnenuntergang.

Und weil koana woaß, wia lang
sei Blatt am Baum des Lebens hängt –
genieß die Zeit, die dir geschenkt!

Lebenslauf im Wechselschritt

Kemma und furtgeh
verwelken und blüahn,
kämpfn und nachgebn,
gewinnen, verliern,
umfalln und aufstehn,
lachn und woan
wechseln einander
seit was wir geborn.

Bald staunen, bald aufschrein
im Glück und im Schmerz –
was auch daherkimmt
geht mittn durchs Herz.

Es hebt dich in Himmel,
es zwingt dich in d'Knia
und dös macht dih stark
weil du woaßt, daß wegn d i r –
käm nu so viel Schweres im Leben daher –
die Welt nu koan Augenblick
stillgstandn wär…

Der Jahreszeitenmaler

Damals, in frohen Kindertagen,
wann ih am Himmel d'Wolken zählt,
war oane meiner Lieblingsfragen:
Wer malt die Farben auf der Welt?

Sie warn wia in an Bilderbüachl
mit bunte Seiten vorn bis hint,
drum war mei größter Wunsch schon damals
daß ih den Maler find.

Die Muatta schalt mih an kloan Träumer
und sagt: Mach d'Augen auf im Lebn,
dann begegnen dir die Maler
die darauf die Antwort gebn.

Wer kemma is, war koa Picasso,
sondern der Frühling steht vor mir.
Schenkt mir 's Gelb der Himmelsschlüsserl
und die rosa Apfelblüah.
Er streicht mitn Pinsel über d'Wiesn
daß sie sich zoagn im sattn Grün
und beim tiafn Blau der Veilchen
moan ih, ih wär im Himmel drin.

Ih lern sei Lebenskraft begreifen
wia man mitn Herzen staunt –
doch d'Blüah fallt ab, beginnt zu reifen
und Sommer wird im Land.
Sei Mantel is a bunte Wiesn,
sei Umhang purer, goldner Woaz
und unterm Saum san dicke Rüschn
aus Wetterwolkn, kohlrabnschwarz.

Am liabstn wär ih mit eahm ganga,
mit eahm furt Hals über Kopf –
wär net der Maler Herbst ankemma
in jeder Hand an Farbentopf.

Macht koane Punkterl, koane Stricherl,
er pinselt längs und kreuz und quer
ja, er verschwendt die sanften Töne
als ob d'Natur a Leinwand wär.

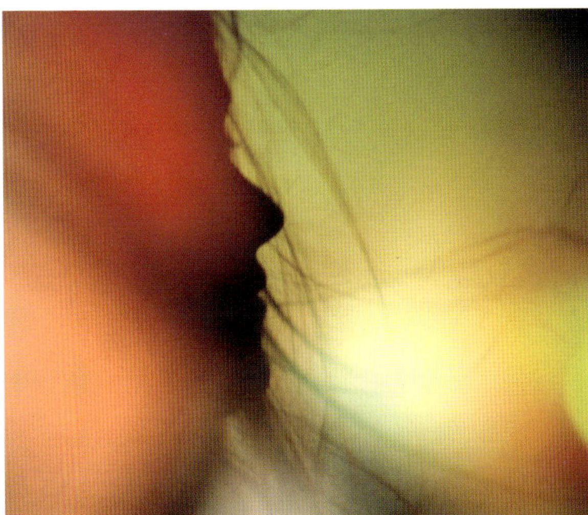

Er bringt die Wälder zum Entflammen
aber schon nach kurzer Zeit
kimmt oan für, die Farben stammen
von an vergilbten Hochzeitskleid.

Sie falln als goldner Staub zur Erdn
und der Schneewind tragts davon.
A Erkenntnis reif zu werden
daß nix für immer bleiben kann.

Ob einst in frohen Kinderjahrn
oder erst in diesen Tagn –
es ist die Welt der bunten Farbn
die dich vermag, durchs Lebn zu tragn.

Sie verkörpern Schmerz und Sehnsucht,
tragn die Hoffnung durch das Lebn,
wann wir ihnen die Herzen öffnen
und jedem Bild an Rahmen gebn.

Sommerbitte

Schena Summa, geh net umma,
laß die Farbn nu oamal strahln –
bis verblaßt san und verschwumma
auf dem Bildl, dös'd ma gmaln.

Hast mih auf die Welln gschaukelt,
und im Wind hab ih mih gfühlt
wia a Schmetterling, der gaukelt
und sein Lebenshunger stillt.

Hast im Tau mih spürn lassn
daß net weit is zu dö Stern
und die Seligkeit erfassn
wann die Wangal glüatat wern.

Schena Summa, geh net umma
ohne daß mih lehrst oill Jahr:
Kann dös Schöne a net bleibn –
gfrei dih drüber, daß es war.

Erntegedanken

Herr, es is Zeit an diesen Tagen
die Früchte zum Altar zu tragen
und an Blick zum Himmel z'habn.
Du hast uns Gabn in Fülle gebn
und gsorgt dafür, daß uns nix fehlt.

Verzeih's den Menschen in der Welt,
für die nur 's Geld zählt und die Zeit –
daß eahna ois zweng schnell gedeiht…
Lehr uns wieder dankbar sehn
und hilf der Wissenschaft verstehn
daß sie net in dei Schöpfung greift
eh der Fortschritt auch im Herzen reift.

Dös Wort ERNTEDANK is heut
voller Widersprüchlichkeit,
denn unser Lebn, wo man ois hat
macht uns krank und nimmersatt
auf der Jagd nach Gaumenfreuden,
während so viel an Hunger leiden.

Wirst du uns dös amal verzeihn?
Du hast uns auftragn, 's Brot zu teiln
und zoagt, daß alle auf der Erden
um deinen Tisch ihrn Platz habn werden.

Herr, sei uns der gute Hirt
damit dei Beispiel Wahrheit wird!
Daß dös Brot, dös du beschert
alle Menschenkinder nährt
und nach unserer Erdenzeit
zur Speise wird für d'Ewigkeit.

Kimmt a andere Zeit

Kimmt a andere Zeit

(vertont)

Gehn die Bacherl langsam schlafn,
legn sich Bleamal zu da Ruah,
und die Blattln am Kalender
gehen dünn dem End scho zua.
Zoagt a Weg zu da Liachtn,
und der Weg, der bedeut –
muaßt a wengal nu wartn
kimmt a andere Zeit.

Zünd a Liacht an bei da Kerzn,
mach ois finster umadum
und der Schein, der wird bald leuchtn
in jeds Winkerl von da Stubn.
Wann im Schlag drobn bei dö Tannen
schon da Nachtvogel schreit
muaßt a wengal nu wartn
kimmt a andere Zeit.

Hörst a Knistern und a Rascheln
und auf oanmal in da Fruah
liegt a Schneebal bei da Haustür
und a Sackerl in dö Schuah.
Wanns so wundersam zuageht
schlagn die Herzen vor Freud –
und dann kann man's derwartn:
Is dö Weihnacht net weit.

Schenken mit Rückgabegarantie

Wann ih von olle Seiten hör,
richtig schenken wär so schwer,
hab ih heuer herzlich glacht –
i h hab mir Schenken leicht gemacht.

Im Herbst kimmt nämlich olle Tag
bereits a dicker Katalog
wo draufsteht – und dös is dös Schena:
Jetzt bestellen – zahln im Jänner!

A wahre Fundgruabn, so habns gschriebn
für Menschen, die Besonderes lieben.

A Weltneuheit, a Bratlpfann,
die gsund und fettarm kochen kann,
a abgesteppte Tagesdecken
in die man jeden Depp kann stecken,
a Haarentfernungsapparat
für Achselhöhln und Damenbart,
a Radio mit UKW
und Sirene fürs WC,
a Saunaanzug, wo man gspürt
wia man beim Schlafen schlanker wird,
zum Winterjoggen, ganz was neigs
Schuah mit Schneekettn und Spikes,
A Motorradabdeckhaubn,
a Unterbettbox für mehr Raum,
an Super-Mega-Fitnesstrainer.

An Stab zum Nikotinabgwöhna,
a Antirheumaschafwollbett
und a zehnteiligs Erotikset
bei dem, wannst net befriedigt bist,
ein Umtausch nicht mehr möglich ist!

Dös ois kriagn meine Lieben heuer.
So bequem und gar net teuer
hat mir nu koana 's Schenken gmacht!
Doch wia da Postler 's Packerl bracht
hab ih mih glei nimmer gfreit,
denn mei Verwandtschaft hat mir heut
vor lauter Vorfreud schon erzählt –
sie hätt für u n s dös gleiche bstellt!

Adventstimmung im Frustschutzhütterl

Wann uns auch die Vorweihnacht
von innen her schon wärmer macht –
gehst zur Adventzeit außer Haus
reicht d'Herzenswärme nimmer aus.

So gibts für kalte Wintertag
für d'Kinder Schals und Anorak,
für die Omis und die Mutter
Mäntel mit warmem Innenfutter
und auch für d'Mannaleut gibts was
bevor sie's zammgfrert auf der Straß.

Soll aber ja net oana glaubn
ih denk dabei an Zipflhaubn
und Pelzschuach mit an Reißverschluß.
Nana, es geht um den Genuß
von die bekannten Wundermittel
bei Punschstanderl und Glühweinhüttl.

A so a Hütterl hats in sich
geht dir am Tag was gegn an Strich.
Hat dich dei Chef zur Weißgluat bracht,
dei Frau beim Krama Schulden gmacht –
a paar Häferl Jagatee
und schon bist wieder auf der Höh.

Schon fangen d'Augn zum Leuchten an
und dös Schene is daran
daß man mit olln, was man da trinkt
sogar a gute Tat vollbringt.

Segn auch die Leut am ersten Blick
daß'd zua bist wia a Häusltschick –
koana is dir dafür bös,
wo schließlich vom Reinerlös
Altarkerzen und Liadabücha
angschafft werdn für d'Stadtpfarrkircha,
und Spritznwagn für d'Feuerwehr.
Ideen gibts wia Sand am Meer
mit an Glaserl Punsch, an warmen
sein Herz zu öffnen für die Armen.

Drum ihr Frauen, habt Vertrauen
wann d'Manner z'tiaf ins Glasl schauen!
Sie habn ihr Herz am rechten Fleck
und trinken für an guatn Zweck!

Ehre sei Gott in der Tiefe

Inmittn einer lauten Welt,
in der nur Geld und Image zählt
dringts wiederum an unsre Ohrn:
Der Erlöser is geborn.

In a Krippn dazumal
wo's rundum gstunkn hat vom Stall
kimmt er zur Erd als kloana Bua,
von einer Jungfrau nu dazua…
um Mitternacht in ana Hüttn.

Herr, hast uns nix Bessers z'bietn?

Bei unserm Lebensstandard, der fast
koane Wünsche offenlaßt
hast du scheinbar überhört
daß diese Welt den Siegern ghört!

Denen, die wir aufs Stockerl hebn
und sie mit Euphorie umgebn
weil sie um tausendstel Sekunden
ihre Rivalen überrunden…

Denen, die ständig fernsehreif
in Lackschuach und im Nadelstreif
ums Gleichgwicht kämpfn am Parkett
weils eah um Macht und Stimmen geht…

Und denen auf den Titelseiten
die die Skandale stets begleiten
weil ihnen im Leben halt
manches a bisserl leichter fallt.

Da derfst ma doch die Frag erlaubn:
Wer soll da nu ans Christkind glaubn
wann schon in den Kinderzimmern
die Helden übern Bildschirm flimmern.

Da Rambo, Zorro, Asterix
und da James Bond, die fürchten nix
und weil ma olle irgendwie
genauso sei mechtn wia sie
wird unser Leben mehr und mehr
voll Aggression und furchtbar leer.

Die Traumfabrik der neuen Helden
is wia a Kluft zwischen zwoa Welten
wo Nächstenliab gegn Größenwahn
nur d a n n den Kampf gewinnen kann
wann wir wieder zur Krippn findn.

Und uns endlich überwinden
daß ma stattn imponiern
vor an Kindl niederknian.

Die Schlagzeilenbotschaft

In unsrer Zeit, wo d'Nachrichten
blitzschnell um an Erdball gehn
erscheints uns wahrlich sonderbar
wia umständlich die Botschaft war
die dort noch ohne Satellit
mit uns in Verbindung tritt.

Der Cheferzengel Gabriel
kriagt den göttlichen Befehl
mit der Nachricht obazfliagn
daß d'Menschen ihrn Erlöser kriagn.

A echter Engel, stellts enk für
macht sich extra für uns die Müah
die Botschaft z'bringa seinerzeit!

Wo gabs so a Ereignis heut
ohne daß a Journalist
von der Sensation hätt gwißt!

Heut tät er eahm entgegenfliagn
und sei Kamera aufziagn
daß, wann er landt beim Zimmermann
glei a Bildl schiaßn kann.

Tagsdrauf siagt man schon in der Krone
daß hier der Erlöser wohne
und auf dem Titelblatt der Bunten:
Leihmutter fürs Christkind gfundn!

Aber was red ih da daher!
Es gäb ja gar koan Engel mehr
der obafliagt auf d'Welt schnurstracks,
sondern der Auftrag käm per Fax
wann net gar schon der Prophet
an Anschluß hätt fürs Internet!

Guat, daß vor 2000 Jahrn
technisch nu so weit hintn warn,
die Welt wär sonst um vieles ärmer.

Die Herzen werden dort noch wärmer
wo wir staunen statt begreifen.

Sprachlos werdn, um zu reifen
gedeiht nur an die stillen Orte,
denn Wunder brauchen keine Worte.

Die Mettnnachtsmodeschau

San bei der Frage jedes Jahr
obs Christkindl auch brav gnuag war
so manche schon vor Neugier z'platzt –
mih hat so was noch nia kratzt,
weil man ja in der Mettn siagt
was man vom Christkindl so kriagt.

Naja, ois tragt man net in d'Kircha.
Wia Mixer und Flanelleintüacha –
sondern dös was man anziagn kann.

So wia da Schneiderin ihr Mann,
der steigt beim Kirchenparkplatz aus
mit Moonboots ausm Lagerhaus.
Drei Nummern z'groß, wia man glei' siagt
weil er's durch d'Autotür kaum kriagt.

Im Weihbrunnkessel nebn der Tür
taucht mei Nachbarin vor mir
dösmal gar die ganze Hand.
Zwegn ihrn neuen Goldarmband
dös herzoagn will. Sie sagt, dös is
von an Goldschmied aus Paris,
ih hätt aber wettn mögn
ih habs schon beim Eduscho gsegn!

Guat, daß ih nu a Platzerl kriag
beim Beichtstuhl hintn nebn der Stiag!
Normal siagst dort auf ois schön hin,
nur heut net, weil mei Schwagerin
an Huat kriagt hat zum Wetterfleck.
Mit a Federn, lang und keck
die, wanns ihren Kopf verreißt
mih ständig auf der Nasn beißt.
Ih möcht sowas weder gschenkt
noch um den Preis, der obnhängt!

Grad wia ih überleg, wias wär
tät ih ihr hoamlich mit da Scher
oafach a Stückerl weggaschneidn,
bringt mih unterm Wandlungläuten
der Huabarin ihr Armbanduhr
die digitale aus der Ruah.
Weils Zifferblattl so schlecht siagt
hats von ihrn Buam a Sprechuhr kriagt
und weil sie oafach net kapiert
wia so a Werkl abgstellt wird
habn sogar d'Ministrantn glacht.

Jetzt endlich singens „Stille Nacht"
und ois kniat da in süaßa Ruah.
Ah! Meine Chefleut tragn heut Schuah
die Restmodelle, superbillign
um 199 Schilling.
Ih hätts eh net lesn wolln,
aber am Bickerl auf der Sohln
steht nämlich Franz von Humanic.
Verzeih mir, lieber Gott den Blick,
jetzt kann ih wenigstens guat schlafn
und tua mih bittschön net bestrafen
daß ih vor lauter Leut anschaun –
aufs Beten ganz vergessen han!

Friedensbotschaft

Als wärs a wundersamer Traum,
aus dem man langsam munter wird,
hat uns der Glaube an die Botschaft
wieder neich zusammengführt:

Auf an winzigkloan Planeten
ists nu wia im Paradies,
weil olle dort in Frieden leben
und noch jeder glücklich is.

Nirgens a Neid, a Haß, a Zwietracht,
jeder is dem andern guat –
da fallt a Samenkorn des Bösen
auf d'Erd und tragt an Frieden furt.

Plötzlich tragn die Zäune Stacheln
und Herrscher a gekröntes Haupt
und Hoffnung wandelt sich in Trauer
für den, der net an Wunder glaubt.

Net, daß der Bach wär aufwärts grunna
und Flocken stehnbleibn in der Luft –
a Kind is uns entgegenkumma,
a Stimm, die zur Besinnung ruft.

Einst leise mahnend – heut gebietend,
daß neamd mehr überhören kunnt:

Laßt die Herzen net erkalten!
Liebet einander – sunst gehts zgrund!

Bethlehem san wir

(vertont)

Da Himmel hat der Welt verkündt,
es kimmt a andre Zeit,
für jeden, der zur Krippn findt
und seine Schuld bereut.
Ob oana nur die Armut kennt
ob mächtig oder reich,
er braucht den jüngsten Tag net scheu'n,
vor Gott san olle gleich.

Die Nacht, in der der Heiland kimmt
bringt Hoffnung und Vertraun,
daß Feinde uns zu Freunden werdn
und gfrorne Herzen taun.
Daß koana mehr vergebens wart
vor a verschlossnen Tür –
dös is da Auftrag an die Welt,
denn Bethlehem san w i r !

Die menschliche Offenbarung

Weil ma heut fürs Geld ois kriagt
und 's Wesentliche nimmer siagt –
das Wunder in der Weihnachtszeit
lehrt uns wieder d'Wirklichkeit
und gibt den echten Durchblick frei
für d'Hauptsach und fürs Nebenbei.

Die Hauptsach is dös kloane Kind
daneben stehen Ochs und Rind,
die schaun wia ollwei netta dumm
und bilden quasi 's Drumherum.

San nix als wia das Nebenbei.
Bilden sich an Haufen ei'
und wissen gar net, wia eah gschiacht.

Was man an dem Beispiel siacht?
Beim Kripperl is oft wia im Leben:
Bist a Rindviech, stehst danebn!

***Wenn Sie für
Ihre Veranstaltungen
etwas Besonderes
suchen:***

***Unsere
„Familienwerkstatt“
steht mit echter
Volksmusik, Gesang
und passender
Moderation
gerne zu Ihren
Diensten!***

***Rufen Sie uns
einfach an.***

***Telefon:
0 76 63 / 82 88***

***Angelika und Sepp Fürthauer
Feldbauernhof
A-4853 Steinbach am Attersee***

Von der Autorin bereits erschienene Gedichtbände:

Jahresringe (bereits vergriffen)

Schmucke Gedanken

Meine Guatn Seitn

Im Seitenspiegel

Auf den *Versen* von Stadt und Land